**LONGE
DAS
ALDEIAS**

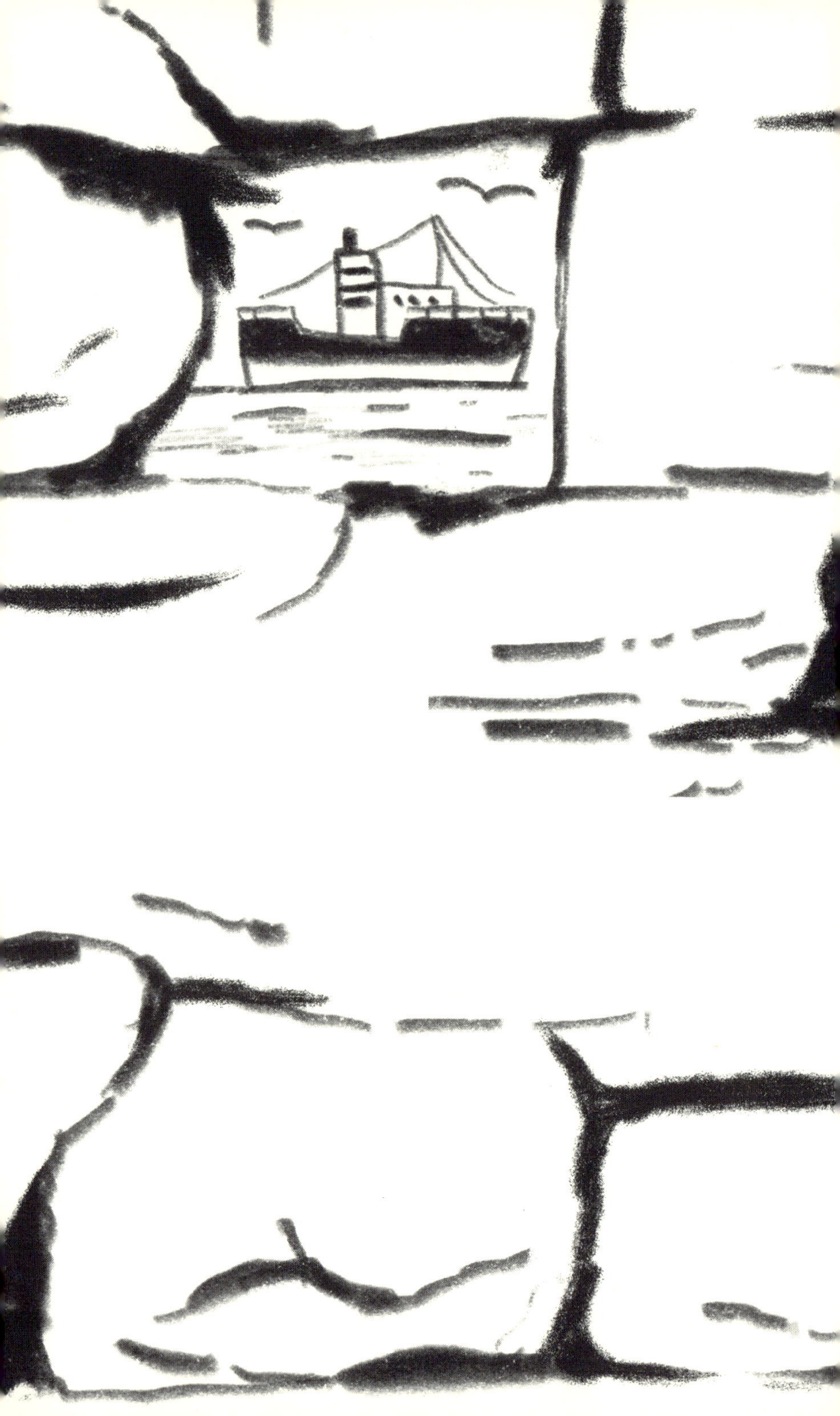

LONGE DAS ALDEIAS

ROBERTSON FRIZERO

2ª edição

PORTO ALEGRE • SÃO PAULO • 2021

Copyright © 2015 Robertson Frizero

CONSELHO EDITORIAL Gustavo Faraon e Rodrigo Rosp
PREPARAÇÃO Julia Dantas e Rodrigo Rosp
REVISÃO Fernanda Lisbôa
CAPA E PROJETO GRÁFICO Luísa Zardo
FOTO DO AUTOR Alexandre Alaniz

DADOS INTERNACIONAIS DE CATALOGAÇÃO NA PUBLICAÇÃO (CIP)

F921l Frizero, Robertson.
Longe das aldeias / Robertson Frizero.
— 2ª ed. — Porto Alegre : Dublinense, 2021.
96 p. ; 21 cm.

ISBN: 978-65-5553-033-9

1. Literatura Brasileira. 2. Romances Brasileiros. I. Título.

CDD 869.9368

Catalogação na fonte:
Ginamara de Oliveira Lima (CRB 10/1204)

Todos os direitos desta edição reservados à Editora Dublinense Ltda.

EDITORIAL
Av. Augusto Meyer, 163 sala 605
Auxiliadora • Porto Alegre • RS
contato@dublinense.com.br

COMERCIAL
(51) 3024-0787
comercial@dublinense.com.br

Para Emanuel

*A memória é o espelho
onde observamos os ausentes.*
JOSEPH JOUBERT

Ontem minha mãe voltou ao navio. A mão dela agarrou o meu braço com força, a cabeça tonteou e foi difícil convencê-la de que não havia oceano, perigo ou bebê. Em seu desespero, vi Petar desfalecido e meu avô corroído pela culpa, as paredes perfuradas do hospital e tia Mirna sufocando inimigos moribundos. O berço de palha do estábulo, confortável como minha ignorância, jazia no convés de bruma. Da balaustrada, aflita, minha mãe descontrolava as tempestades.
Ela gritava o nome do pai que eu nunca tive — Josif, ou algo assim, na língua estranha de sua terra. Por um momento, as ondas do mar de minha mãe bateram cruéis na janela do quarto. Ela acalmou-se, dormiu seu sono de febre, deslembrou-se de mim. Mas o navio de névoa permaneceu por ali mais um tempo, fundeado em meus medos.
Meu pai retornou também, homem sem rosto que não consigo esquecer. Minha mãe sorria, doente. Tive inveja de sua ausência. Fiquei mareado por ela o resto da noite, com o nome de meu pai transtornando a minha vigília. Recordar sempre me deixa a boca amarga e o coração oco.
Não tenho certeza de nada.

Imagino seus olhos como os de um jovem comum de minha terra natal. Nunca os vi, nele ou em mim mesmo. Não estou certo de como eles são, ou se já secaram. Mas esse par de olhos masculinos — jamais consegui definir se duros ou ternos — perseguem-me desde a mais tênue memória de infância.

Por buscar esses olhos, meu pensamento sempre navegou pelos rostos da gente daquela pátria distante, mais estrangeira que minha. Nunca subi suas montanhas ou festejei suas luas. Mas tenho essas faces de cera, muito sóbrias, enfeando a penteadeira em três velhas fotografias. São o que restou da fuga apressada. Vejo ali minha avó e a menina que minha mãe foi um dia. Elas seguram pela mão tia Mirna bem pequena, mal se mantendo em pé dentro do seu vestido de festa. No outro canto do espelho, em papel áspero, meu avô, o rosto carcomido pelas traças durante a viagem. Chora-se sua morte aqui em nossa casa, mas ele nunca me fez falta. Suas mãos rudes servem, em minhas memórias fabricadas, apenas para espancar meninos dóceis ou segurar, descuidadas, Marija ainda bebê. Em seu colo, minha mãe parece natimorta. A foto de meu tio Petar, rasgada pela metade — essa, sim, assustou-me a vida inteira. Minha mãe sempre amou muito o irmão mais novo, e as pernas amareladas sob as calças curtas bastam-lhe para aliviar a falta sentida. Mas eu continuo com medo de meninos como ele, sem tronco ou sorriso.

Nenhum sinal de meu pai entre os fantasmas. Seu olhar não está nos retratos colados no espelho. Daqueles rostos de espanto, a saltar do papel e assombrar minha infância inteira, tentei extrair algum olhar paternal — de candura, distância ou rigor. Mas o azul dos olhos de meu pai não caberia no tom borrado daquelas fotografias, veneradas por minha mãe como em um altar; penduradas ali, ex-votos opacos à espera de algum milagre, só me faziam imaginar um pai ainda mais angelical e poderoso.

Tenho medo de não conseguir escrever estas linhas solitárias antes da partida definitiva de minha mãe. Ao lado do leito onde ela agora dorme um sono intranquilo e breve, decidi reconstruir sua vida triste. Pouco conheço do que quero relatar. Sei apenas o que ouvi dos lábios de mamãe, pedaços de história colhidos nos poucos momentos de ternura da minha infância. Também aprendi sobre minha mãe em sua culpa desesperada depois de cada acesso de fúria contra minha adolescência quieta. Hoje, recolho os delírios lacrimosos dessa sua velhice precoce. Por isso, o temor de não ser justo ao contar o sofrimento que destruiu minha mãe, mas a levou a conhecer meu pai. Percebo a aflição sussurrada em cada palavra dessa história mal esquecida. Não é doce descobrir as verdades sobre como fui concebido em meio ao caos da guerra.

Então, imagino. É o que me resta para reaver meu passado, escondido em meio às lembranças mais dolorosas. E, se começo pelos olhos de rapaz pobre dos campos de minha terra, é porque sei apenas isso sobre meu pai — um camponês, jovem e, como tantos outros de sua idade, convocado para o conflito nas levas de alistamento compulsório. Quase duas décadas depois, as notícias recebidas do distante país reerguido ensinam-me mais sobre mim do que eu gostaria de ouvir.

Minha mãe sempre disse do menino nos olhos azuis de meu pai — uma cor de céu sem nuvens. Essa imagem até hoje me perturba. Consigo imaginar olhos repletos de sonhos de colheita, de casamento e boa prole, de felicidade simples e pacata. Quando estou angustiado, posso vê-lo carregado por uma das patrulhas motorizadas: percorrendo as pequenas propriedades rurais, as mais pobres e desguarnecidas, eram comboios do inferno, serpenteando entre as casas em busca de homens novos para retirar à força da proteção dos pais, sem causar maior alarde. Posso sentir seu olhar de espanto ao ser capturado pelo exército — ou de solidão, sombrio e opaco, longe de sua aldeia, cercado de estranhos, também arrancados de seus lares. No silêncio da tirania cometida, imagino meu triste pai e suas vistas marejadas de saudade. Mas jamais entendi esse menino em seus olhos — talvez só minha mãe o conseguisse ver, ela com sua convicção inabalável sobre as coisas.

Não herdei de meu pai a beleza dos olhos azuis nem a escuridão dos cabelos — os mais negros jamais vistos no mundo, minha mãe sempre diz. Para mim, couberam uma cabeleira clara e uns olhos de amêndoa que também não são de minha mãe, nem de meus avós ou de tia Mirna. Talvez de tio Petar — sempre tentei combiná-los com aquelas pernas finas em calças de menino no retrato arruinado. Mas suspeito serem os traços angulosos do rosto e alguns outros de minha personalidade — talvez só minha mãe saiba quais são — a única herança do sangue desse pai que não conheci.

Nunca tive certeza alguma. Minha mãe castigava-me quando eu perguntava por que não era parecido com ele, Josif. Depois de me espancar, entre gritos e preces, acariciava meus cachos aloirados, dizia que eu lembrava meu pai, imensamente — e afastava-se de mim, cobrindo o rosto com as mãos.

Eu sorria, tolo e feliz. A referência a esse homem distante acendia-me o coração de imediato, fazia-me esquecer a injustiça das agressões, as lágrimas escondidas depois do descontrole. Eu não sabia de nada. Apenas corria para o portão e esperava, ansioso, vê-lo descer do ônibus na avenida e ganhar a rua, cansado e disperso, como os pais de meus vizinhos faziam antes da noite chegar. Mas os ônibus aqui da minha rua nunca cruzaram os campos de batalha.

Tia Mirna não vê razão para eu me preocupar, mas hoje de manhã minha mãe esqueceu meu nome. Viu-me como Petar e disse que meu avô iria me dar uma surra se eu não recolhesse as ovelhas de uma vez por todas. Tia Mirna sorriu, saudosa, e girou a mão insistente — um código nosso para eu continuar dentro das recordações de mamãe.

Eu disse então para Marija que as ovelhas já dormiam no estábulo. Ela chamou-me de mentiroso, *estou a ver daqui as ovelhas*, ralhou com olhos de ira ao bater-me bem forte no rosto. Senti ódio da teimosia de meu tio Petar em não fazer as coisas de imediato quando lhe davam uma ordem.

Fui pastorear o rebanho sentado na varanda de casa, olhando as pessoas irritadas pelo calor violento do asfalto. "Não me admira meu tio Petar ter fugido de casa!", irritei tia Mirna aos gritos. A neve é menos fria que gente como meu avô, e meu tio deve ter se perdido de propósito na floresta gelada. Imaginei o menino caminhando feliz, com suas perninhas fracas afundando na branca vastidão de sua liberdade. Meu avô passou sete dias e sete noites tentando encontrar meu tio sob a pior das nevascas. Antes tivesse recolhido ele mesmo as ovelhas desgarradas.

Quando vi Petar escondido dentro de uma furna, ouvi a voz de tia Mirna chamando-me para acudir minha mãe. Entrei correndo em casa, e ela havia caído do leito, quase febril. Chorava muito e dizia meu nome, não mais o de Petar. O sol invadia o quarto, mas ela tremia nervosa, implorando para não levarem de seus braços o pequeno Emanuel.

Não tenho irmãos. Ainda não decidi se gostaria de tê-los. Seria útil agora ter por perto mais dois braços de homem para conter minha mãe em segurança nos momentos de crise. Mas me incomoda a ideia de disputar com mais alguém, desde pequeno, a pouca atenção dela. Foi uma infância de assombros — também não queria oferecer isso para irmão nenhum. É difícil entender uma mãe a variar seus gestos entre a fúria e o carinho protetor mais sufocante. Mesmo antes de aparecer a doença, eu nunca soube ao certo quem eu era para minha mãe. Não sei ainda se gostaria de ver um irmão meu na mesma estranha dúvida.

Nunca quis ter uma irmã.

Eu e tia Mirna conhecemos todos os hábitos e gostos de minha mãe. "Eu li no livrinho verde" — minha tia sempre tenta me convencer a estudar o pequeno manual sobre a doença de mamãe, presente de um namorado enfermeiro —, "manter a normalidade é nossa maneira de garantir que a Marija, como a conhecemos, nunca morra". Não sei tanto sobre minha mãe para pensar dessa maneira, mas sigo os rituais. Habituei-me ao copo de água gelada em jejum, às horas perdidas regando cada planta da casa. Tolero sua cabeça sempre coberta e as opiniões imutáveis sobre os seres e as coisas. Aprendi a respeitar seu deus dos destinos pré-fabricados. Não há por que discutir nem sofrer em demasia. Com o tempo, passei a atribuir à doença o que antes via em minha mãe como desprezo ou apatia.

Ela sempre me amou à sua maneira. Arrumava-me cedo para eu não chegar atrasado à escola — verificava ao menos três vezes se o lanche estava bem acondicionado, se o uniforme não tinha alguma mácula ou se eu havia escondido em minha mochila alguma peça de roupa ou dinheiro. Tinha medo que eu fugisse de casa, como tio Petar. Por amor também, batizou-me na religião de meu pai e forçava-me a ir aos domingos à igreja — ela mesma não podia frequentar. Fez-me a escolher um santo protetor e rezar todas as noites para ele, acompanhando com a cabeça a cadência de minhas ladainhas. Mas se escondia de mim para suas cinco orações diárias. Queria-me cristão e, apesar disso, proibia-me de comer carne de porco e de beber do fruto da videira.

Quando está amável e me reconhece, minha mãe pede para eu levar ao quarto dela o meu ícone de São Mihajlo. Guardo-o junto aos meus livros dos tempos de menino. Ela diz coisas doces e maternais, desculpa-se por sua debilidade e promete no dia seguinte estar bem-disposta e voltar às suas costuras para comprar-me uma bicicleta nova. Depois, faz-me beijar o santo na testa e em cada uma das asas, enquanto repete palavras quebradas de alguma liturgia cristã perdida em seu passado. Sorri, satisfeita, quando cumpro seu rito particular sem reclamações: *Josif ficará feliz quando souber como criei você bem e no Deus dele, um homem digno como ele foi comigo.*

Assim seja.

Tia Mirna contou-me como nós saímos de lá em um cargueiro sem sermos molestados durante toda a viagem.

Marija ficou me aquietando no colo enquanto minha tia tirou o lenço da cabeça e falou sem sotaque com o sentinela da estação. Ele acreditou quando ela sorriu tímida e pediu com palavras suaves para sentir-lhe o braço musculoso. Depois da carícia em sua pose improvisada de homem forte, o soldado conseguiu para nós três um esconderijo no comboio do exército que ia para o litoral. Foi como pudemos cruzar a região do conflito antes mesmo do cessar-fogo.

No trem, inimigos de minha mãe e de tia Mirna, feridos em combate, agonizantes. Elas encolheram-se num canto do vagão, o medo de contrair doenças era menor que o de serem descobertas como fugitivas. Os homens, entregues à sorte, gemiam e choravam de angústia ou saudade. Tia Mirna pensou muitas vezes em matá-los a todos enquanto dormiam, os doentes. Sufocá-los seria fácil, uma boa paga pela dor imposta. Mas Marija implorou que ela não fizesse nada — eram uns pobres-diabos, e suas feições de abandono pareciam o rosto de tio Petar depois de retirado da furna. Em segredo, minha mãe tinha esperanças de encontrar, entre os semimortos, certo par de olhos azuis.

Quando amanhecemos no porto, médicos do exército já esperavam no cais para contar as baixas da viagem. Eram muitos os enfermos, não nos deram importância. Minha mãe teve medo do mar, que via pela primeira vez. Na confusão da retirada dos feridos mais graves, ela foi ao chão, e eu ganhei a pequena cicatriz na têmpora. Mas não reclamei.

A queda de minha mãe rendeu-nos a viagem para cá. O mestre do navio era de uma aldeia vizinha à nossa, viu o sangue descendo pelo meu rosto e sorriu, orgulhoso. "Os meninos das montanhas não choram jamais", sussurrou com nosso sotaque enquanto ajudava Marija a subir ao convés principal. Ganhamos uma cama em sua cabine, boa sopa e pão sadio, e fomos respeitados pelos marujos até este lado do mar. Tia Mirna sempre conta dos três dias de tempestade na travessia do Atlântico, horas terríveis nos braços da morte, minha mãe e seu medo de perder-me para as ondas. Mas eu nada sofria. Por muitas semanas, dormi tranquilo e tive um pai marinheiro.

Tia Mirna conseguiu atravessar o oceano. Ela remoçou, arrumou emprego honesto e namorado de outra religião. Em pouco tempo, conseguiu se comunicar com a gente daqui e fez amizades passageiras, aprendeu a dançar e a mentir. Minha mãe, não. Chegamos a esta terra nova, mas vivemos em um casebre obscuro, ainda no vilarejo antigo de meus avós. Da porta da rua para dentro, a cidadezinha de poucas casas de pedra, separadas por pequenas hortas e desavenças antigas, esteve sempre mais viva que em nossa própria terra, onde apenas ruínas de guerra sobraram. Somente tia Mirna traz para dentro de casa o calor liberto dos trópicos, com seus romances de ocasião e o som melodioso das palavras daqui. Eu, ao fim de cada dia, retorno à aldeia — desde pequeno, minha mãe tenta me fazer esquecer do lado de fora do portão tudo o que eu aprendo na escola ou nas ruas.

Na língua de meus avós, não se inventou *saudade*. As pessoas jamais se afastavam de seus povoados, nada além de seus vales e montanhas podia ser mais belo ou puro. Por isso, minha mãe nunca precisou daquela palavra para expressar suas perdas. Saudade. As três fotografias presas no espelho, a resistência em se adaptar aos novos costumes e as histórias de infância contadas pela metade eram nostálgicas o bastante. Transformaram-me neste estranho — não consigo amar minha terra natal nem sou parte deste país onde cresci. Minha mãe queria que eu fosse Petar, Josif e meu avô, mas livre dos terrores do campo de batalha. Conseguiu que eu não fosse ninguém e na guerra permanecesse aprisionado.

Na próxima semana faço dezoito anos. "Um adulto com um brilhante futuro", tia Mirna profetizou ao telefone quando ligou para o namorado polaco, convidando-o. Ela insiste em organizar para mim uma festa de aniversário. Chamei apenas os alguns amigos da faculdade. Eles entenderão se minha mãe tiver alguma crise.

Dez anos mais que tio Petar quando se perdeu na furna — minha mãe sorriu-me hoje, enquanto eu lhe vestia o casaco de tricô. *Você não fugiu de mim. Seu pai...*

Ouvi com impaciência suas palavras tristes. Jurei, com desprezo, jamais fugir dela, como tio Petar, ou abandonar nossa casa, como meu pai. Minha mãe chorou em silêncio atormentado.

Você não fugiu de mim. Seu pai vai sentir muito orgulho de você.

Senti-me culpado por ter interrompido sua frase habitual com minhas tolas insinuações — coisas que não sei nem compreendo, não vivi a não ser pelas indiscrições de minha tia ou pelas palavras furtadas da reclusão de minha mãe.

Ela sempre me disse isso — meu pai sentirá orgulho de mim. Não tenho certeza de nada. Mas estou convicto

— ele não deixou nossa casa nem minha mãe. Fui muito injusto. Abandono é quando se tem escolha.

Uma única vez tia Mirna viu meu pai, mas não tem certeza se era mesmo ele. Foi minha mãe quem apontou, na estação de trem, um rapaz alto a carregar uma mochila nas costas e a fumar, distraído. Depois, Marija olhou para outro grupo de soldados na mesma plataforma. Pareceu reconhecer alguém, um par de olhos claros ao longe, escondidos atrás de uma risada estúpida. Ela correu para a porta do vagão, sorriu, gritou *Josif!*, mas ninguém olhou em sua direção.

Minha tia cobriu a boca de Marija com a mão. Não podiam ser descobertas — jamais suportariam viver aquele inferno novamente. Encolheram-se no fundo do vagão. Nenhum soldado veio reclamar minha paternidade.

"Sei que distante, sou não mais que sombra
a voejar por essa alma tua...
Mas seja eu sombra leve que flutua
e não o espectro morto que te assombra."

Eu me lembro da sombra dele quando chegou à porta com as roupas na mão. Eu me lembro da sombra dele quando o arrastaram porta afora. Eu lembro.

Meus amigos sabem do problema de minha mãe e não se importaram por ela reconhecer apenas Madalena na festa de tão poucos convidados. Ela é a calma que minha mãe não consegue encontrar ao nosso lado. Talvez por isso o rosto de Madalena permaneça e o meu seja cada vez mais difícil de ser recordado.

Fomos amigos de colégio, e muitas vezes passei tardes inteiras ensinando Madalena a entender as razões dos homens para as Grandes Guerras ou a Grande Depressão. Por minha causa, Madalena entrou comigo na faculdade para fazer História. Não é de se admirar que minha mãe se lembrasse da menina por quem me apaixonei ao defendê-la — ela era a vítima das colegas de turma inconformadas pelo seu sucesso com os rapazes.

"Madalena é pura e doce, e vai trazer netos!", tia Mirna provocou-me enquanto servia mais coca-cola no copo de rum do seu polaco. Ele riu com gosto, piscou-me um olho em solidariedade masculina. Era o primeiro gesto de aproximação do agrimensor que me criticava por ler muito e me divertir pouco. O namorado anterior, um italiano, garçom na galeteria da nossa rua, até conversava comigo, mas sempre para fazer piadas sobre minha inabilidade com as mulheres. Agora é diferente: tia Mirna tem Madalena por santa e, fosse um pouco mais religiosa, carregaria um ícone com o rosto agradável da "moça de olhos piedosos" envolto em um manto azul e emoldurado em ouro. Meus amigos de faculdade veem nela apenas uma menina para roubar minha atenção na véspera das provas mais difíceis.

Madalena é meu conforto, mas nunca tivemos nada mais sério. Afora os namorados de tia Mirna — os que ela achava dignos de apresentar a mim e à minha mãe —, Madalena é a única pessoa que frequenta a nossa casa. Por ser minha amiga desde antes da doença, minha mãe adora sua companhia, e Madalena não se nega a estar ao lado dela. Ensinou tricô para Marija, e elas passam tardes inteiras juntas, conversando tolices. Por Madalena, comecei a ler poesia para minha mãe depois que ela confundiu o meu nome pela primeira vez. Ela também perdeu um avô para o esquecimento e sabe do futuro. Ela é meu ânimo e minha sanidade.

Quando cantaram os parabéns, a alegria encheu-me de coragem — dei em Madalena o nosso primeiro beijo na boca. O polaco, erguendo o copo vazio, celebrou o fato como um gol. Ela sorriu entre a vergonha e a felicidade, não sei ao certo. Alguns colegas incentivaram uma nova cena, tia Mirna puxando o coro dos contentes. Minha mãe foi esconder-se no quarto e chorou até Madalena ir lá sozinha pedir desculpas.

Marija então riu e limpou as lágrimas — jurou estar feliz. Viu nosso beijo e fez uma confissão que Madalena não entendeu, algo sobre Josif ter sido arrancado de seus braços antes mesmo dos lábios se tocarem.

Os únicos olhos azuis na memória de minha tia Mirna não estavam naquela estação de trem. Eles também eram ressaltados por sobrancelhas escuras, mas pertenciam a um velho que deu abrigo para tia Mirna aflita e Marija sentindo as dores do parto.

Era quase noite, e elas começaram a caminhar pela estrada vazia para não serem descobertas. Fugiram de sua própria aldeia, depois de ficarem escondidas por meses, arrastando-se pelos campos até chegarem ao rio. Agora beiravam as cercas e os arbustos para não chamarem a atenção de algum transeunte. Vez por outra, escondiam-se quando um ruído qualquer denunciava a presença de alguém. Mas as dores surgiram sem aviso. Marija começou a gemer alto, chamando por Deus e perdendo aos poucos os sentidos. Tia Mirna pegou-a pelo braço, apoiando-a sem forças. Desesperou-se ao ver o vestido encharcado entre as pernas, o rosto contorcido de aflição, as mãos crispadas por dores nunca antes sentidas. Eu estava enforcado em mim mesmo, cravando os dedos no ventre de minha mãe, sem vontade de vir. O grito dela fez o velho sair do estábulo e encontrar as duas mulheres caídas à beira da estrada, bem perto do muro de pedra que desenhava as suas terras.

Por força das ironias do deus de minha mãe, nasci no leito de viúvo de um cristão solitário. Pelas mãos da sábia velhice daquele homem, fui levado para um quarto com calor e lençóis limpos; graças à caridade de um desses ancestrais inimigos de meus avós.

Tia Mirna teve medo de estar ali. O cômodo era grande, mas escurecido por móveis antigos e imagens circunspectas de santos. Ela sabia de cor histórias terríveis sobre a crueldade dos infiéis. Assustada com o sofrimento talhado numa cruz de madeira, segurou com força a mão de Marija a soluçar de dor. Mas os olhos azuis do senhor Mihajlo acalmaram as contrações.

Meu parto foi em paz — minha mãe não reclamou um só momento enquanto ele me ajudava a nascer daquela forma improvisada. O velho piedoso tomou-me nos braços enquanto repetia palavras sagradas que minha mãe jamais esqueceria. Tia Mirna cortou-me o cordão umbilical, e ele exigiu um sorriso nos lábios dela, para dar sorte. Perguntou à minha mãe o nome da criança; ela não soube responder. Pensando no filho que nunca tivera, ele profetizou que eu seria feliz se minha mãe me desse certo nome santificado. Exausto, ferveu água para o banho e fez sopa de beterraba e pão para recompor o sangue de Marija.

Foi o bom viúvo quem cuidou para que eu sobrevivesse ao frio assustador daquele dezembro e à curiosidade dos vizinhos. Aos poucos, eles se inteiraram do choro de menino vindo da casa do recluso Mihajlo. Primeiro, foi uma mulher a lhe pedir leite e informações sobre o bebê. O velho desconversou, disse ser o filho de uma sobrinha que chegara à sua casa uma semana antes e bateu-lhe a porta aos olhos enxeridos. Outros vieram pedir ovos, batatas, rezas ou chá. Crianças febris eram mandadas à sua porta para serem abençoadas e espiarem as visitas. Sem descuidar dos afazeres, ele repelia os curiosos com palavras secas e obscuras.

Depois de dois meses, um primo distante veio pela notícia dos parentes recém-chegados no vilarejo. Mihajlo apresentou-lhe tia Mirna, Marija e eu como filhos de uma irmã distante da falecida esposa. O rapaz fugiu despejando xingamentos sobre o velho.

Quarenta anos antes, uma mulher de outra aldeia renegara sua religião para fugir com o senhor Mihajlo. A família ameaçou excomungar o traidor, mas, já naqueles tempos, o velho detinha as melhores terras da região, e seu leite, ovos e orações eram os remédios mais procurados naquele vilarejo sem doutores. Mihajlo permaneceu ali, casou-se com a forasteira, mas as desconfianças sobre a mulher nunca cessaram, mesmo depois de morta. Alguns diziam ter visto seu fantasma a rondar a casa e Mihajlo sendo enfeitiçado por ela; com o passar dos anos, não fossem tão necessários os seus queijos e bênçãos, a lenda tornaria suspeito também tudo o que ele cultivava. O tal primo era um dos que odiavam a convertida. Passou a detestar-nos na mesma proporção.

A história das duas mulheres e um bebê menino não convenceu por muito tempo aquela gente endurecida. Éramos parentes vindos de longe, em meio aos percalços da guerra, para viver com um velho ermitão — mas os modos receosos e os lenços na cabeça das mulheres denunciaram a farsa. Eu mal engatinhava quando a paz respeitosa entre o viúvo e seus inesperados hóspedes foi invadida pela aproximação das patrulhas em busca de refugiados. O primo de nosso benfeitor, interessado na verdade e nas terras milagrosas, fizera a denúncia anônima. Vivemos três semanas no estábulo do senhor Mihajlo até ele conseguir uma carroça fechada para nos levar escondidos à estação de trem mais próxima. Tia Mirna e minha mãe mal descansaram naqueles dias de espera, despertando a cada som estranho na noite silenciosa. Eu dormia em um berço de palha, quieto, inocente entre os animais.

Para os vizinhos de aldeia, o senhor Mihajlo contou que havíamos escapado no meio da noite, levando sua comida e seu dinheiro. Acusou-nos para convencê-los de nossa fuga — ninguém esperaria algo diferente da família da feiticeira morta. Ri muito quando tia Mirna, imaginando a cena, imitou o velho a contar nossa súbita partida em direção ao oeste, fazendo-se de atordoado, jurando que as mulheres o haviam enganado por todo aquele tempo — tudo para proteger-nos em nossa viagem.

Antes de partir, minha mãe pagou-lhe a nossa dívida de gratidão. Deu-me o nome do filho do senhor Mihajlo, Emanuel, o que nunca nascera. Deus estava conosco.

Minha mãe despertou hoje com um inexplicável bom humor. Desceu da cama sozinha e insistiu em ajudar tia Mirna com o café da manhã. Fez panquecas com queijo de ovelha, como nos tempos de antes da guerra, e até mesmo seu copo de água gelada em jejum esqueceu-se de tomar. Regou as plantas, louvando a Deus pela beleza da vida em uma canção sem palavras. Beijou-me cada vez que passou por mim e nem mesmo perguntou por Madalena. Quando servi seu leite com mel, minha mãe agradeceu tia Mirna por ajudá-la a criar um filho tão obediente e forte como eu. Falou o tempo todo na língua daqui, com seu carregado sotaque, mas plena de lucidez sobre quem éramos e onde estávamos.

Até que levantou sobressaltada da mesa do café da manhã, dirigiu-se à porta da sala e despediu-se de nós: precisava se apressar ou não chegaria a tempo de encontrar Josif no trem de refugiados.

Quando Emanuel nasceu, eu não tinha roupa para ele vestir.

Madalena acariciou o rosto de Marija. Com um sorriso, contou mais uma vez à minha mãe que tudo estava bem e eu havia crescido bonito e saudável mesmo não tendo um enxoval à minha espera.

Ao lado de minha mãe, ela bordava um cachecol das cores da bandeira de meu "novo país". Assim ela chamava a terra tão distante em meu passado. Sabíamos que os jovens lá estavam a pedir independência e eleições livres, vimos na televisão do bar da História: eles gritavam palavras de ordem pelas mesmas ruas e estradas por onde minha mãe e tia Mirna haviam fugido dos soldados inimigos. Madalena achava bonito eu ter duas pátrias, insistia para eu conversar com minha mãe e minha tia na língua dessa terra fugidia; mil vezes sussurrar em seus ouvidos umas juras de amor que ela um dia talvez compreenda.

Quando Emanuel nasceu, eu não tinha roupa para ele vestir.

Eu via nos olhos de Madalena — ela queria estar caminhando entre aqueles escombros. Conhecia o pouco que eu mesmo sabia das histórias de minha família fugindo da guerra. Por isso, talvez, ela tivesse aquela estranha inveja de não ter uma revolução para combater, um país novo a reconstruir. Ela olhava minha mãe com orgulho, a lutar contra os opressores, vencendo a fragilidade de mulher para não perder sua cultura e liberdade. Marija, para ela, era o ser humano provando ser capaz de ludibriar o destino. Inflamados pelos protestos do outro lado do oceano, seus dedos ágeis teciam aquele cachecol na esperança de eu usá-lo um dia como estandarte.

Marija bordava apenas uma meia pequenina e torta para os pés gelados do seu bebê.

Quando Emanuel nascer, ele vai ter roupa para vestir.

A manhã mais fria do ano — diriam depois no jornal da noite, mas já não me servia a notícia. Bem cedo, eu enrolei meu cachecol novo no pescoço e fui para o Centro, para esquecer. No calçadão, misturei-me à multidão de solitários, fingi não me preocupar com os olhares alheios. Era mesmo o frio mais terrível.

Num dia mais gelado que aquele, meu tio Petar saiu de casa com o rosto ardendo em raiva. Com cinco moedas no bolso e três peças de roupa enroladas em um lençol, ele enfrentou nevasca e mágoa bem piores para escapar da fúria do pai e ganhar o mundo; para nunca mais pastorear ovelhas, monte acima, sozinho e faminto. Escondido em uma furna, foi encontrado sete dias depois por meu avô, os lábios roxos e secos, as mãos paralisadas pelo vento.

Passei pelo Mercado Público sem me importar com a multidão encolhida em seus agasalhos. Tinha não mais que o dinheiro das passagens em um bolso do casaco de couro antigo herdado do namorado uruguaio de tia Mirna. Faltava-me a caverna escura para me esconder, por sete dias e sete noites, das memórias reveladas pela febre intermitente de minha mãe.

Josif pertencia ao povo eleito. Se ele ainda não vivia no paraíso prometido, a culpa era de minha avó, de tia Mirna e de minha mãe — daquelas mulheres dispostas a dar à luz uma raça de pessoas que insistiam em ser diferentes. Meus avós roubaram o dinheiro de seu povo, ofenderam ao Deus cristão com seus costumes ímpios, apossaram-se das melhores terras quando os tempos começaram e a partilha era clara a favor dos avós de meu pai. Imagino que assim ele foi ensinado a odiar-nos.

Os Senhores da Guerra desinstruíram Josif. Para tomar posse das mentes fracas, preferiam suprir seus soldados com perspectivas de um futuro glorioso a alimentar as culpas do passado ou ressaltar a inépcia do presente. Mais fácil fazer de minha mãe o bode expiatório. Assim, eles agiram em minha terra, em cada centro de treinamento de recrutas, cada escola e igreja. Assassinos e estupradores precisam ter a sua humanidade extirpada antes de cometerem seus crimes.

Mas não foi por isso que Josif nos deixou para trás. A bondade de minha tia construiu-me a memória de um pai desertor. Ele teria abandonado o exército para não mais lutar contra o povo da mulher amada. Quando ele voltou para buscar minha mãe, a guerra já tinha feito as irmãs tomarem a estrada para fugir dos maus soldados. Foi um desencontro de guerra a separar dois jovens apaixonados.

Repeti essa história para mim mesmo — transformou-se em meu mito particular, intocável, a aquecer-me com suas esperanças ocultas. Mas a febre de minha mãe demoliu-o há poucos dias: meu pai foi arrancado dos braços dela por outro soldado e, depois disso, eles nunca mais se viram novamente. O sono de seus medicamentos ocultou-me as circunstâncias todas. É a mesma história de lábios intocados lamentada para Madalena na noite de meu primeiro beijo.

Os Senhores da Guerra levaram meu pai. Conseguiram tirá-lo de minha mãe, sem forças para reagir. Percebi, ao longo dos anos, uma verdade inegável — eles não convenceram Josif de que minha mãe era a origem do mal. Não acredito mais em seu regresso. Meu pai não sabe de mim mais do que eu sei dele.

Tia Mirna contou-me do hospital no dia do desengano. Seu namorado polaco dispensou-a para se aventurar em uma fazenda perto da fronteira com a Bolívia. Jurou retornar um dia, rico e com terras. Ela chorava um pranto seco, sabia ser outra mulher a razão da mudança repentina. "Os homens nunca conseguem mentir por muito tempo" — riu sem qualquer humor — "quando querem nos destruir". Desfeita em sua raiva, esquecida de mim, lembrou a traição no hospital onde ficou boa parte da guerra.

Eram acomodações simples, mas limpas e bem cuidadas. Quase todos os leitos abrigavam os velhos sem família e uns poucos jovens com feridas de campanha. Naqueles dias, tudo era muito precário e as enfermeiras já não tinham sequer material para trabalhar — uma caneca de rakija era o anestésico mesmo nos casos mais graves de intervenção cirúrgica. Os inimigos invadiram o prédio com seus gritos e reuniram todos os médicos e enfermeiros no refeitório. Prometeram respeitar as convenções de guerra, acalmaram os ânimos, sorriram. Com mórbida gentileza, encaminharam as mulheres do grupo para a sala de visitantes, jurando ser apenas para o bem das moças, que iriam se juntar a outras tantas levadas de ônibus e caminhão das aldeias próximas. Fechadas as portas, fizeram os homens se despirem, ordenaram sua conversão e o alistamento no exército como prova de lealdade. A negação motivou os primeiros tiros de fuzil à queima-roupa. Depois, subiram para as enfermarias e arrastaram para fora dos quartos os casos menos graves. Quem conseguia andar foi levado de caminhão até uma ponte para ser degolado e lançado ao rio. Jogaram pelas janelas os pacientes mais fracos, desligaram a bala os equipamentos. Os velhos, estorvo para qualquer exército invasor, foram abatidos em seus leitos ou agrupados no pátio para servir de divertimento para as submetralhadoras automáticas.

As médicas e enfermeiras não tiveram a mesma sorte.

Meu rosto ficou pálido por essa gente que jamais conheci, e tia Mirna consolou-me ao se dar conta do sangue lançado em nossa sala de estar por suas palavras de ira. "Talvez tudo seja confusão da minha cabeça", ela acendeu seu cigarro das horas amargas, e eu tive minha certeza. Todos morreram ali, e também alguma parte de tia Mirna.

Era uma feira do folclore em minha escola primária e inventaram aquilo: cada criança iria pesquisar sobre uma lenda brasileira qualquer, ou trazer algum artesanato para a sala de aula e explicar para os colegas como se fazia aquilo, ou para quê servia. A professora, na falsa impressão de me incluir no grupo, propôs que eu levasse alguma coisa característica de minha terra natal para mostrar. Quando pedi para tia Mirna uma sugestão, ela olhou com sarcasmo para o namorado carcamano e me disse que a coisa mais típica de nossa aldeia era a miséria.

Não quis falar com minha mãe. Tive medo de que ela tentasse me ajudar, vergonha de vê-la em minha sala de aula mostrando as três fotografias de família rasgadas na viagem. Todos me viam como um estrangeiro, não suportaria dar mais razões para que eles me considerassem assim.

Sem nada melhor, ofertei um pouco do exotismo que eles esperavam de um refugiado. Contei aos meus colegas a história de tio Petar como se fosse um mito envolvendo alguma divindade local de meus avós. Alguns deles riram de um deus-pai caminhando pela floresta escura por sete dias e sete noites, das ovelhas perdidas e da nevasca sem fim. A professora encheu os olhos de lágrimas quando falei do corpo congelado do meu deus-menino morto no fundo da furna.

Meu tio Pedro Ernesto foi o primeiro negro que minha mãe viu de perto.

Tia Mirna passou duas semanas preparando o espírito de Marija para a novidade. Para evitar constrangimentos, todos os dias conversava com minha mãe sobre as coisas boas desta terra — a mistura de povos sem guerra, as oportunidades abertas para todos. Lembrou-se de uma prima albina, com mãos talhadas para os roseirais, que ensinara Marija a cuidar das flores e prever as chuvas. E pediu para Madalena ajudá-la a amolecer o coração de minha mãe, temendo o pior.

Quando veio a tarde do segundo domingo, tínhamos panquecas com queijo de ovelha e calda de mirtilo, leite adoçado com mel e o pão de nossa terra recém-saído do forno. Minha mãe amansou-se por todo o dia, ajudando tia Mirna a preparar a comida e Madalena a arrumar a mesa.

Tio Pedro Ernesto era enfermeiro no hospital onde tia Mirna trabalhava. Depois, passou dois anos longe, juntando dinheiro em um navio, fazendo as vezes de médico de bordo. Trouxe flores para Marija, conforme combinado. Quando ouvimos as palmas no portão, tia Mirna foi recebê-lo enquanto Madalena tinha uma última conversa conciliadora com minha mãe. Imaginavam gritos, ofensas ou um choro senil de preconceitos. Por isso, minha tia acomodou-o na sala de estar pedindo antecipadas desculpas.

Mas tudo o que Marija queria era tocá-lo. Ao ver Pedro Ernesto, riu como uma criança, olhou incrédula para Madalena e escondeu o rosto de vergonha. Depois, caminhou até ele com passos cautelosos e sorriso de expectativa. Com dedos recolhidos de curiosidade, encostou no braço dele uma vez e então esfregou a mão em sua pele escura. Ele sorriu. Mamãe olhou para tia Mirna e gargalhou, feliz.

É de carvão, mas não suja a gente. É bonito feito mirtilo bem maduro!

Meu tio Pedro Ernesto foi o primeiro homem que minha mãe abraçou depois que meu pai foi retirado de seus braços.

Minha tia Mirna era auxiliar de enfermagem na cidade próxima à aldeia. Lembrei-me agora. O hospital.

Mamãe jamais foi enfermeira, mas sei que esteve no hospital também. Havia esquecido. Ela e tia Mirna moraram um tempo por lá durante a guerra.

Marija não estava doente. Gente enferma não caminha quilômetros, fazendo-se invisível para as patrulhas, comendo o pouco encontrado nos beirais da estrada.

Ela estava grávida de mim. Por isso, o hospital, em plena guerra, mesmo tão perto de nossa aldeia. Talvez.

Meu tio Pedro Ernesto não tinha o humor ferino do carcamano. Não era alegre como o polaco nem rico como o uruguaio. Mas amava minha tia Mirna com sinceridade e foi quem trouxe minha mãe de volta para casa no domingo do desespero.

Acordei cedo para ver Madalena no palco. Vestindo uma túnica romana, ela ia ensinar a lei da reencarnação a crianças do nosso bairro. No portão de casa, encontrei tia Mirna em desespero gritando na língua da aldeia pela volta de Marija. Esqueci Roma por uns instantes e deixei-me perder pelas ruas vizinhas. Tentava imaginar aonde as vontades repentinas da doença teriam levado minha mãe.

Atordoada, tia Mirna ligou para os antigos namorados, buscando um amparo qualquer. Tio Pedro Ernesto foi o único a não se alongar ao telefone. Enquanto tia Mirna desconsolava-se com outras vozes masculinas e eu agonizava de quadra em quadra, ele voltava para casa trazendo Marija dentro de seu jaleco de enfermeiro.

Ele encontrou minha mãe ainda de camisola, sentada numa praça, chorando e fazendo tricô. Ela não o reconheceu nem aceitou sua companhia no mesmo banco. Quando ele lhe ofereceu o braço, tocou encantada a sua pele e voltou ao bordado. Esperava Josif chegar no comboio do exército, não sairia dali para perdê-lo uma vez mais. Mas veio contente ao lado do meu tio enfermeiro quando ele falou que o pequeno Emanuel precisava dela.

Três meses depois, tia Mirna e tio Pedro Ernesto ficaram noivos.

Madalena mostrou-me ontem: mamãe já não consegue fazer o seu bordado como antes. Irregulares, largos — Marija erra os pontos com facilidade. Para ela, Madalena diz que "está tudo uma graça" e "Emanuel vai se sentir aquecido e confortável". São mentiras doces, caridosas. À noite, em sua casa, refaz as tramas para minha mãe amanhecer feliz no outro dia.

Tenho lido mais poemas para ela. Madalena insiste na importância dos versos, remédio para as palavras cada vez mais escassas. Marija quase não fala mais a língua daqui, pouco deve entender. Mas ainda reage a alguns versos. Minha mãe carece, cada dia mais, de metáforas e alegorias.

Tem predileção pelos poemas de amor, palavra repetida por ela cem vezes a cada leitura.

"Deixa-me estar com a ilusão, apenas,
sonhos que apaguem a dor estranha e dura,
pois me cansei das noites de amargura
que, antes de te amar, eram tão plenas."

Antes de te amar...

"Já que não queres minha paixão tão pura,
deixa as palavras, mesmo que pequenas..."

Antes de te amar... Antes de te amar... Amar...
Minha paixão tão pura.

O hospital. Tia Mirna conhecia-o muito bem. Conseguiu fugir com minha mãe sem despertar a atenção das submetralhadoras.

Perguntei se minha mãe trabalhava no hospital com ela. Tia Mirna olhou para mim por alguns segundos, calada. Se não trabalhava lá, estava internada, doente. Tia Mirna desviou o olhar e acendeu um cigarro.

"Preciso ir lá para fora, ar fresco para a Marija, você sabe".

Mostrei para ela meus olhos de quem conhece as respostas. Mesmo sem saber.

Marija parece-se cada dia mais com seu próprio vulto, o das noites de perambulação pela casa escura.

Já não caminha com facilidade. A casa tornou-se maior, um desafio diário para seus passos curtos. O esforço faz com que a velhice precoce do rosto seja ainda mais cruel com seus poucos anos de vida.

Tio Pedro Ernesto sugeriu as mudanças. Marija está agora no meu antigo quarto. Retirei das paredes as páginas de revista de minha adolescência. É um ambiente menor, próximo à cozinha e às plantas de que ela tanto gosta. Ganhou tinta suave, uma cama hospitalar e proteção nas extremidades dos móveis. Removemos da casa a penteadeira e seu espelho, com o qual ultimamente Marija andava a conversar muito.

Na parede ao lado da cama, pendurei São Mihajlo e as três fotografias.

Acostumei-me demais com Madalena. Ela está sempre ao meu lado, acompanha minha mãe com interesse e carinho. Vê em mim o herói que nunca fui. Ela é o meu consolo, minha fortaleza. Mas jamais disse o sim. Nunca perguntei.

Mesmo agora que as agulhas não se firmam nas mãos de minha mãe, ela ainda está no meio de nós. Passou a tricotar para a criança que eu fui um dia. Segurando-lhe com cuidado os dedos retorcidos, Madalena faz minha mãe sentir o entrelaçar dos fios. Descreve cada ponto para mentalmente bordar com ela meu enxoval de bebê. Marija sorri em paz, quase adormece. Madalena arremata seu sono com delicadeza de filha, agasalhando-a com ternura e cobertores suaves. Encolhido a um canto do quarto, em silêncio de êxtase, sonho em pertencer-lhe pela eternidade. Nunca lhe perguntei.

Não há por que sofrer agora que outro surge em seu destino. Da primeira vez que os vi juntos, ele era o senhor de engenho, e Madalena, a escrava humilhada. Depois, foram marido e mulher em uma família com francos desajustes espirituais, orando juntos pela proteção dos bons mentores. Passaram também juntos por testemunho de fé em uma arena repleta de leões, cantando louvores a Cristo. Parece que são amigos recentes. Ele deve ter feito a pergunta.

Madalena virá a qualquer momento. Vou tentar apagar de meus olhos a cena de seu amor injusto. Vi ontem o beijo na saída da faculdade. Ele esperava impaciente, ela aproximou-se distraída e, então, o abraço forte e demorado. O soldado romano contou-me o segredo ao deslizar sua mão pelos cabelos da cristã convertida. Compartilham a crença no além-túmulo, dividem no palco o mesmo ardor de doutrinar os que não conhecem os segredos do espírito. Eu, um aprendiz de tudo, apenas observo. Não foi a primeira vez que vi Madalena em braços alheios. Mas não será para sempre. Eu terei toda a paciência do mundo, aguardarei o momento e ensaiarei, calado, a pergunta que nunca fiz. Não há por que reviver o passado agora.

Minha mãe grita por Petar, aflita. Mais uma vez, a mesa de cabeceira vai ao chão. Tia Mirna suspira, a porta bate com força. Ouço meu nome e preciso abandonar o refúgio dos livros. Quero esquecer, mas não consigo.

Tio Petar não morreu na furna.

Minha mãe cultua essa imagem do menino perdido. Por isso, tia Mirna acostumou-se a deixar Petar na infância, para não atormentar ainda mais Marija. Dói não recordar o mais amado para nós, o essencial. Minha mãe esqueceu-se do Petar com mais de oito anos de idade.

"Perdi meu irmão na guerra", tia Mirna suspira para o tio Pedro Ernesto enquanto fazem a lista de convidados. Comovido, abandono meu romance, e ela sorri. "Que foi, meu lindo?", ajeita os papéis em suas mãos, "Por que esses olhos de espanto?".

Meu tio foi retirado da furna quase morto. Os lábios arroxeados, as mãozinhas retorcidas e a garganta sem voz pareciam falar das poucas chances do menino. Mas as orações de meu avô e os caldos de uma vizinha com dons de curar salvaram Petar. Cresceu forte e sadio. Um milagre. Nunca mais pastoreou ovelhas, mas ajudava o pai na plantação e foi mandado para a escola em outra cidade. Tinha sonhos de sair da aldeia e dar à família um bom futuro. "Era encantado com os livros, lia para nós em voz alta as histórias mais lindas" — minha tia acaricia meu rosto, disfarçando uma lágrima —, "parecia você quando era menino, meu lindo, no primeiro dia de aula". Marija e tia Mirna passaram a protegê-lo de todo o mal. Adoravam o irmão mais novo, um deus ao alcance de suas mãos.

Ele sobreviveu à nevasca mais cruel, e eu não sabia. Por longos anos, escondi-me em sua furna gelada, esperando ser encontrado junto a Petar, distante deste mundo. Sonhei tantas vezes com meu corpo congelado, queria ser importante e inesquecível como meu tio menino. Mas ele viveu o bastante para ver a guerra — o mesmo tempo que uma verdade leva para sair da escuridão.

Quando Petar tinha dezoito anos, os bombardeios chegaram à nossa aldeia. Depois das bombas, vieram as tropas. Invadiram as casas, pisotearam as hortas, roubaram a criação. Moças foram empurradas para dentro dos caminhões e ônibus; velhos e crianças, reunidos em praça pública. Cansados da colheita, meus avós foram arrastados pelos soldados inimigos para o meio da estrada, amontoados a outros velhos. Minha mãe viu de longe quando uma coronhada levou seu pai ao chão, ainda abraçado à minha avó ferida.

Meu tio Petar rogou piedade. Com palavras de paz, pediu humanidade para os mais fracos, ofereceu-se para ser preso em seu lugar. Aflito, tentou lembrar seus compatriotas dos deveres de um bom soldado. Amarraram-no em um poste para servir de treinamento dos recrutas e exemplo macabro para o resto do vilarejo. Por sete dias e sete noites.

Quero perguntar sobre minha mãe, mas tia Mirna parece ainda ver o sangue esquecido em vão. Sem palavras, peço desculpas ao tio Pedro Ernesto e vou chorar meus mortos de guerra no portão da rua.

Madalena encontra-me no portão de casa. Meus olhos desacostumaram-se, os meninos das montanhas não choram jamais. Ela sente o desconforto. Abre-se em silenciosa consolação, ofertando-me um abraço.

Quando percebo o sorriso a avançar em minha direção, sinto seu olhar aflito e minha boca seca. Pobre Madalena, piedoso refúgio de minha tristeza, seu perfume de incenso, nossas almas entrelaçadas e distantes, os cabelos a iluminar o rosto quase comum, a beleza dos olhos da cor de um céu tempestuoso, as mãos de delicadeza, a verdade em suas palavras mais tolas e simples, minha dor sem dolo, fortaleza e esquecimento.

Seu peito toca-me suave e lembro-me de quando ofereci minha mão para erguê-la do chão, as colegas de turma gritando tolices, vingando uma das meninas populares pela paixão que seu namorado parecia alimentar por Madalena. Eu já seguia com olhos distantes a história, não poderia culpar o rapaz por desejá-la nem minha amiga por encantar os homens. Coloquei-me entre ela e seus carrascos. Pude sentir o roçar de seu corpo sob a minha proteção. Ganhei sua confiança e uma nova vida depois daquele instante.

Seu rosto afetuoso toca o meu e tenho uma vez mais nosso primeiro e único beijo, meu pequeno ato impulsivo no calor das alegrias passageiras. Vejo aqueles lábios sutis a falar com naturalidade da doença, preenchendo de ternura o meu sofrimento pouco resignado. Ela afasta-me de qualquer remorso pelas reações de minha mãe ou pelo agravamento de sua assustadora condição. A voz em minha mente é quase um sopro divino. O toque de sua pele faz meu rosto incendiar. Penso nos beijos todos, nunca trocados.

Madalena aconchega-se em meu ombro. O ar recebe o perfume de seus cabelos, e recordo os campos da aldeia de meus antepassados, sem nunca ter estado lá. Caminho com tia Mirna e Marija pela trilha de terra que margeia o rio até a casa de pedra, aceno para o menino no colo de minha avó e corro com elas até o portão para ser o primeiro a fazer o bem-me-quer com as flores colhidas na estrada para tio Petar ainda em seus cueiros.

Quando os braços de Madalena se cruzam em minhas costas, é Marija a segurar-me na queda da plataforma, o bondoso Mihajlo a retirar-me do ventre com mãos de sabedoria, tio Pedro Ernesto a conduzir minha mãe de volta para nossa casa. Suas mãos de benfeitora pressionam-me contra seu peito — sinto-me amparado e profundamente só, como Petar ao ser retirado da furna pela rudeza amorosa de meu avô.

O abraço de Madalena prolonga-se pela eternidade de meu pranto. Sei que meu choro é sem sentido e guarda as mágoas de muitas vidas. Tenho lágrimas de tia Mirna abandonada, de Josif arrancado da casa de seus pais e todo esse lamento escondido no passado de minha inconsolável mãe. Madalena jura em meus ouvidos: tudo passa.

Não tenho certeza de nada, mas ontem minha mãe retornou ao hospital dos dias de guerra. Suas unhas rasgavam a pele de outros tempos, as pernas lutavam com a força combalida dos derrotados. A mão dela agarrou meu braço com dificuldade, ela encolheu-se na cama, e não pude convencê-la de que o soldado na porta do quarto não iria arrancar Josif de seus braços para nunca mais. Em seu desespero, guardei em mim os gritos de horror e as palavras desenhadas em sua boca na tentativa amarga de entender. Acuada contra a parede, aflita, minha mãe lutava contra seus algozes invisíveis.

Não me deixe sozinha, minha irmã.

Deus, ó clemente, ó misericordioso. Libertai minha irmã de todo o mal, fazei com que o inimigo não a veja; se a vir, não a toque; se a tocar, não a queira; se a quiser, que desça sobre ele a vossa espada de justiça, ó clemente, ó misericordioso.

Não me deixe sozinha, irmã.
Não me deixe.

Se ele me vir, que não me toque, meu Deus.

Não me toque, por favor, não me toque. Não me queira, não, afaste de mim seu olhar, seu desejo, sua mão pesada. Não desça sobre mim a sua espada de fogo, impura de desejo, não me toque a indignidade da sua força bruta. Não.
   Tire de mim esses lábios sem piedade, essas mãos feito garras, o calor infernal desse corpo corrupto, esses olhos ferozes que nunca viram Deus.

Ó clemente, ó misericordioso, meu rosto arde de dor pela mão pesada do inimigo, meu corpo apodrece pela impureza da mão que me toca, da ira que rasga meu ventre por dentro, da minha alma violada pelo demônio, do desejo abençoado pelo mal, o mal das entranhas do inimigo, que entra e faz de mim o cancro, o asco do mundo, a dor que sobe das pernas até a alma partida, meu Deus, meu Deus clemente, ó misericordioso.

Tirai de mim a chama dessa espada de horror, tirai de mim o desejo de morrer, a sensação do toque viscoso do inimigo, os olhos de desprezo por vossa serva mais fiel.

Não vedes a lama em meu corpo? Não vedes o anti-homem sobre mim feito fera? Libertai-nos de todo o mal, Senhor do Dia do Juízo.

Que venha um anjo, Deus de meus pais, do azul dos céus mais puros, que venha um menino sem culpas, ó misericordioso, salvar-me das mãos dos homens de pecado.

Saia de mim o vazio de mortalha. Venha o pó sobre mim, Senhor do Dia do Juízo, esconder o lodaçal da minha carne massacrada.

"Eles arrastaram as mulheres para o caminhão, Emanuel". Toda a gente gritava em desespero, disse tia Mirna ao decidir-se por me presentear com o meu verdadeiro passado. "Sua mãe contou que um dos soldados deu uma coronhada no rosto da mulher ao lado dela, e todas ficaram caladas até a chegada ao hospital. Ninguém entendia nada, só temiam o pior".

Eu conheço o pior. Li dezenas de relatos semelhantes. As mulheres eram levadas de ônibus ou caminhão para prédios abandonados, escolas desocupadas, casas das quais os soldados arrancavam os moradores para lhes servir de morada e ninho de ódio. Meu sangue transborda ao ver minha mãe embarcada em um desses comboios do inferno.

Tia Mirna havia sido presa na sala de visitas com outras colegas de trabalho quando eles invadiram o prédio e mataram os homens, os pacientes mais graves, os velhos. O hospital estava deserto, apenas alguns militares guardavam a porta de entrada e indicavam aos gritos o caminho a seguir. Ela encontrou minha mãe na sala de visitas, eles reuniram todas as mulheres no mesmo lugar e começaram a separar as que iriam para o andar superior.

Um de seus vizinhos de aldeia reconheceu as irmãs e denunciou ao oficial superior. Entre gargalhadas maliciosas e a música cruel de um acordeão, arrastaram as duas juntas para o grupo das escolhidas. "Subimos as escadas em fila, apavoradas, quietas, olhando para o chão como mandaram. O sargento à frente do grupo foi retirando uma a uma e empurrando para dentro dos quartos. Um soldado em cada porta mandava que deitássemos em silêncio na cama hospitalar. Nas enfermarias maiores, várias de nós ficaram juntas, uma em cada leito, chorando em silêncio".

Estudei relatórios extensos sobre essas práticas abjetas. Para eles, era apenas uma ação de guerra, uma estratégia para eliminar o inimigo. Era como destruir uma ponte ou invadir um terreno precioso. Não foram poucos os criminosos de guerra que relataram seus feitos como se fossem manobras militares corriqueiras. Havia um plano perverso por trás de tudo isso, algo surgido nas ordens frias dadas pelos Senhores da Guerra, mas também a fera escondida em cada um daqueles corações negros. Queriam exterminar nossa raça, nossa gente, e não viram melhor maneira de humilhar nosso povo.

"Sua mãe não teve culpa, Emanuel. Nenhuma de nós. Não havia escolha. Eu decidi ser passiva e submissa, fugi para depois da lua em meus pensamentos, esqueci de viver naquelas horas de horror. Nossa Marija não conseguiu, não tinha as mesmas armas de resistência".

Tia Mirna trabalhava no hospital e, para ela, cada dia era uma nova lição sobre a crueldade das pessoas, tormentos que se aprende a esquecer para continuar. "Marija não conhecia os homens e sua capacidade de ferir. Meu lindo, olhe para mim, olhe aqui nos meus olhos: sua mãe sempre amou você e ama muito, não se esqueça nunca disso".

Deixo que tia Mirna chore até desengasgar a história que eu já não sabia se queria ouvir. Mas meu pai estava naquele hospital, não havia mais como descer mentalmente aquelas escadas de horror e culpa e inventar uma infância feliz.

Não retomei a conversa com minha tia. Deixei que as paredes do hospital desaparecessem por alguns dias, precisávamos respirar antes de nos afogarmos naquela memória afastada. Mas eu pensava nas mulheres mantidas em escravidão por meses, em trabalhos forçados e entregues aos caprichos dos militares que as possuíam. E havia ordens para que os soldados não permitissem que nenhuma mulher abortasse. As leituras sobre a guerra, às quais me entreguei com tanta avidez nos estudos, tornavam cada vez mais irreal o meu passado.

Tomamos café sentados na varanda de casa, amordaçados pelas recordações, quando tia Mirna reabre as portas da enfermaria. "Os soldados fizeram Marija se deitar no quarto do hospital, e ela pensou que iam matar todas nós. Orou baixinho por mim e só se calou quando começou a ouvir o barulho da tropa se aproximando do prédio. Ela ficou feliz, imagine, achou que eram outros soldados para lutar contra os maus, para libertar-nos. O som dos coturnos no chão foi crescendo, um tropel infernal que subiu os degraus e parou de repente na nossa ala, um silêncio que antecede a tormenta".

Tia Mirna descreveu-me a mesma cena de um dos relatos que li: o primeiro recruta entrou, um moleque, "mais novo que Petar". O soldado na porta do quarto mandou que ele tirasse a roupa. Tia Mirna disse que ele tremia, mas ela deixou "que ele fizesse o que queria", pois sua cabeça já estava longe, longe, cada vez mais. "O menino cumpria sua missão em cima de mim, ele mal sabia o que fazer, um soldado olhando a gente da porta, mas eu estava em outro lugar do hospital, com sua mãe, minha cabeça estava lá com ela, entende? Eu me preocupava com ela, sabia que algo dentro dela seria quebrado para sempre". Minha mãe não conhecia os homens, minha tia insistiu, e eu poderia jurar que essa era a verdade. "Talvez se tivesse antes, sei lá, não teria sofrido tanto, fugiria comigo em pensamento, esqueceria a carne sobre a cama e salvaria sua alma aqui dentro".

Imagino que Marija também não entendeu quando entrou o primeiro recruta no quarto, segurando o uniforme nas mãos, apenas com as roupas de baixo. Ela deve ter se encolhido na cama e tentado se defender como pôde. "O soldado na porta do seu quarto deu ordens ao recruta. Ele esbofeteou sua mãe até ela não ter mais forças. Eu ouvia tudo do outro lado da parede, sem poder reagir. Eles acharam divertido colocar as duas irmãs em quartos geminados, e um dos guardas fazia questão de me relatar o que estava acontecendo com Marija".

Tia Mirna olha para mim, olhos mareados, mas não vejo mais nada. Pergunta se ainda quero ouvir a história e apenas consigo mover o rosto em um sim envergonhado. Ela fica calada, o silêncio é espesso e impenetrável como a parede de um hospital — não sei se quero derrubar. Peço que ela fale sobre meu pai, e somente sobre ele.

"Seu pai?".

Sim, Josif, meu pai.

Tia Mirna perde alguns segundos para acomodá-lo mentalmente em suas lembranças ouvidas de minha mãe. Percebo o embaraço e deixo meu olhar arrastando pelo chão da varanda.

"Meu lindo, seja forte".

Sei que tia Mirna diz isso para recomeçar a história, mas meu peito desaparece em um vazio sem nome.

Tia Mirna rompeu a muralha das lembranças mais amargas. Com os escombros, construiu uma vida nova do outro lado do mundo, permitiu-se nascer de novo. Fez-se serva para um dia aspirar à liberdade: mesmo com toda a experiência de enfermeira nos dias de guerra, trabalhou como faxineira e não se importou em fazer aqui, quando conseguiu juntar o dinheiro necessário, um novo curso de auxiliar de enfermagem — serviu-lhe para aprender as palavras de sua profissão na língua da terra estrangeira e fazer amigos desinteressados. Recomeçou na limpeza mais dura, como se não houvesse um passado.

Agora, a pequena Mirna que colhia flores na estrada para presentear a mãe e arrancar pequenos sorrisos do irmão caçula era quase a personagem de um livro esquecido. Mas ainda lhe dava forças para começar uma faculdade, planejar um casamento, sustentar uma irmã que se apagava aos poucos.

Tia Mirna escolheu não morrer naquela guerra. Ressurgir dos restos de batalha foi sua maneira de conseguir viver em paz mesmo com a memória dilacerada pelo pavor passado. Ela precisava respirar ao sol para que eu e minha mãe tivéssemos um pouco de luz dentro de nossa metafísica e escura casa de aldeia.

"Foram muitos, Emanuel, muitos que eles forçaram a fazer aquilo. Queriam limpar o país de nossa gente, por isso a organização toda, os soldados na porta dos quartos, os recrutas cumprindo ordens, sem escolha aparente. Mas Josif disse *não*".

A verdade era um *não*. Olho sem horizonte para tia Mirna. Josif disse *não*.

Minha mãe já não tinha forças, mal distinguia os novos rostos em seu leito a cada meia hora. Eram todos a mesma dor esperada, a mesma face de carrasco. "Quando ele entrou, ela quase dormia. Nossa Marija me contou que ele jogou o uniforme no chão e andou devagar até a cama". Peço que tia Mirna diga que minha mãe tentou se encolher mais uma vez, quase por instinto, sem esperanças de defesa. Ela acena com a cabeça, confusa. "Marija já não tinha lágrimas para chorar, mas sentiu ele secar o rosto dela com os dedos". Dedos longos e ásperos, ela descreveu uma vez meu pai assim. "Foi então que ela viu os olhos dele, azuis, cor de um céu puríssimo. Era um menino, ele era alto como você, meu lindo, mas ela disse que viu um menino, parece. Nos olhos, não sei direito".

Quantas vezes pensei nesses olhos, sem compreender. Um menino no azul, seria uma imagem mística de mim mesmo, um futuro espelhado nos olhos de meu pai, as ilusões de amor na mente de minha mãe? Eu nada entendia. Meu pai era, então, o inimigo? Vem agora a imagem de Petar sendo atado ao poste de horrores pelas mãos de Josif. Giro a cabeça em angústia — não quero somar novos medos às verdades de como fui concebido entre bombardeios e silêncios.

"Ele foi um homem digno com ela, Emanuel. Aconchegou Marija em seu ombro, abraçou-a com carinho, chorou também, de culpa ou de vergonha, eu gosto de pensar assim. Sua mãe diz que o abraço durou a eternidade do pranto dela. Ela sentiu como se tudo aquilo fosse um sonho ruim, e ele vinha para salvá-la do sofrimento e da desonra. Os dois ainda estavam enlaçados, como duas crianças perdidas, quando a porta se abriu e o soldado arrastou-o para fora do quarto, insultando-o por não ter sido homem e cumprido o seu dever com a nossa Marija. Sua mãe diz que ele saiu ainda chorando e gritando blasfêmias. Ela sentou-se na cama e tentou guardar na memória o rosto do recruta, o menino nos olhos azuis, os cabelos negros como nunca havia visto. Ele esqueceu o uniforme no chão do quarto, tamanha a luta para não a deixar para trás. Antes do outro recruta avançar sobre ela, Marija só conseguiu ver a inicial do nome dele bordada no uniforme".

Josif. Um nome inventado para um pai fugidio nesse passado de impossibilidades. Uma letra de insubordinação em todo um capítulo de horror. Meu pai Josif. Uma frase imaginada de uma história de amor natimorto.

Eles venceram, os Senhores da Guerra. Destruíram a alma de minha mãe, invadiram o futuro de cada um de nós com sua lembrança inumana. E eu sou um mero instrumento da ira divina perpetrado contra Marija e sua gente. O filho que Josif nunca concebeu.

Tia Mirna revela-me um segredo — Marija sonhou com ele sete dias e sete noites, até fugirem juntas do hospital. Foi por ele que minha mãe teve forças para fugir. Ficaram escondidas na aldeia, na casa abandonada de meus avós, por meses. Marija insistia em rever o seu Josif, falava nele a cada instante em um delírio de horror e fome. Ela mal dormia, visitada por fantasmas, preocupada com o seu amor arrancado dos braços. Foi tia Mirna quem resolveu escapar da guerra e alimentou em Marija a ilusão de irem atrás do pai do menino crescido em seu ventre.

A coragem surgiu quando os soldados inimigos retornaram à aldeia para tomar posse das casas e instalar ali as mulheres que arrastavam como pilhagem de guerra. Tia Mirna e Marija pegaram umas poucas coisas que conseguiram juntar e partiram à procura desse homem que só existia nas miragens de minha mãe.

"A culpa é toda minha, Emanuel. Fiz isso por amar minha irmã e você, que não podia nascer e crescer naquela terra maldita. Mas foi Josif, meu lindo, o tal recruta, seja lá qual fosse o nome dele — seu pai foi um herói, Deus lhe abençoe, ele deu forças para Marija suportar as lições de guerra".

Tia Mirna, voz embargada, fala em amor e me consola com a imagem de minha mãe fortalecida no leito do hospital depois de ter conhecido meu pai, mesmo usada por sete dias e sete noites como espólio de uma guerra sem sentido.

Mas não sabemos quem é o meu pai, tia Mirna.

A gestação de uma verdade pode levar dezoito anos. A doença de minha mãe, entre três e nove anos. Meu romance com Madalena poderia ter quatro anos. Ontem, tia Mirna e tio Pedro Ernesto juraram amar um ao outro até que a morte os separe.

Há dois meses mamãe não consegue mais falar. Responde com palavras curtas ou com a expressão sentida das pálpebras cansadas. Madalena pediu para eu não desistir, e, por insistência dela, ainda leio meus poemas para Marija. Mas minha mãe está ausente, escondeu-se na furna de tio Petar, não sei. Depois da noite em que regressou ao hospital em plena guerra, perdeu-se aos poucos em alguma estrada oculta de suas lembranças, não voltou mais. Sinto alguém ali, os olhos ainda falam da emoção dentro da alma, mas o corpo quase inerte me traz essa sensação de luto por uma Marija que já não vive. Minha mãe está partindo.

Tio Pedro Ernesto contratou uma cuidadora. Ele e tia Mirna querem me ver de volta ao mundo, uma forma de me afastar aos poucos da aldeia onde a doença e a guerra enclausuraram a minha mãe. Dona Ana é bondosa, cheia dessa invejável alegria de viver dos que não cultivam seus problemas. Tem paciência e o distanciamento necessário para cuidar de Marija sem sofrer em demasia. É mais velha que minha mãe, mas sua crença no além-túmulo trouxe a esta casa uma paz que só encontrei antes nos olhos de Madalena. Não há sofrimento para quem vê uma missão maior para tudo na vida, um aprendizado futuro para cada percalço do passado.

Aos poucos, tenho apaziguado meus fantasmas. Consegui tirar tio Petar da furna e vi seus olhos de contentamento ao voltar para o calor da aldeia de sempre. Amparei o senhor Mihajlo em seu leito de morte, saudei com honras militares o mestre do navio que me adotou por algumas semanas. Perdoei tia Mirna por me incluir em suas mentiras e entendi as razões de minha mãe para fazer delas sua única verdade.

Ela sempre me amou à sua maneira. Viu em mim a ternura da cabeleira negra e o azul-celeste do olhar de despedida de seu querido Josif. Nunca me rejeitou, mesmo estando diante do inimigo perpetuado em meus cabelos claros e olhos tristes de amêndoa, herança de algum de seus algozes. Preferiu criar-me nas memórias de um pai amoroso e heroico. Conseguiu que eu me tornasse um adulto sem a invalidez espiritual de uma guerra sem vitoriosos.

O recruta que um dia inspirou esse pai entrepensado foi de fato um herói. Salvou minha mãe de uma vida de tormentos, deu-lhe a esperança de humanidade que tantas outras mulheres de seu povo não puderam encontrar em meio às cruezas da guerra. Ele permaneceu em sua terra, talvez amargando as recordações dos campos de batalha ou mesmo revivendo a felicidade de ter salvado outras vidas como a de minha mãe. Hoje deve ter sua boa prole para ajudá-lo com as tarefas cotidianas, amigos com quem esquecer as horas mais tristes ou celebrar os sonhos de colheita. Marija pode ser o espectro que o assombra ou não mais que uma lembrança triste a flutuar no distante passado.

    Mas Josif atravessou conosco o oceano. Sua existência é um desses milagres que o deus do senhor Mihajlo sempre foi pródigo em executar. Foi assim também meu nascimento. Josif e seu gesto de bondade tornaram possível minha existência neste mundo. De alguma forma, ele garantiu que todos nós tivéssemos vida plena nesta nova terra. Deus abençoe o menino em seus olhos azuis.

    Tenho saudade de Josif, meu único pai. E de Marija, minha querida mãe. Queria uma vez mais vê-los aqui nesta varanda, mãos dadas, olhando o pequeno Emanuel dar os primeiros passos amparado pelas mãos gentis de tio Petar. Tenho saudade das risadas de tia Mirna quando meu pai mudava as plantas de lugar, só para ver minha mãe furiosa. Não me esqueço também da alegria de tia Mirna quando eu ganhei minha primeira bola de futebol do meu tio Pedro Ernesto, seu primeiro e único namorado. Queria que tio Petar me carregasse de novo nos seus ombros, até minha mãe ordenar que eu o deixasse em paz. Daria tudo para sentir de novo o cheiro doce das geleias de minha avó e as mãos de meu avô ajudando-me a pastorear nossas poucas ovelhas. Sinto falta de minha primeira bicicleta, de ir buscar meu pai no ponto de ônibus já sem precisar das rodinhas de apoio. Quase me lembro de quando eu era pequeno e tinha medo do escuro, de entrar por debaixo das cobertas da cama de casal e amanhecer entre minha mãe e meu pai — Josif. E de rezar ajoelhado para o meu São Mihajlo, repetindo as palavras de meu pai, sem tirar dele os meus olhos azuis como um céu sem nuvens.

Quanta saudade.

Madalena atravessa a rua com um sorriso. Quer ver minha leitura de hoje, prometeu trazer ambrosia e um bordado pronto para Marija. Comprou para mim um livro de sonetos de Petrarca traduzidos por Camões — quer muito ouvi-los na minha voz tímida de imigrante.

Tenho a pergunta ensaiada e o coração pleno. Estou cheio de coragem e hoje não deixarei que nenhum soldado me arranque de seus braços de aconchego.

Em seu leito de espera, minha mãe sorri, feliz e ausente.

O autor agradece:

a Graça Nunes, Luiz Antonio de Assis Brasil e Luís Carmelo, seus mestres de oficinas literárias;

a Gabriela Silva, por ter aberto os caminhos para esta publicação;

a Rodrigo Rosp e Julia Dantas, seus editores, pela leitura atenta e cuidadosa que transformou este texto;

a Susana Ventura, Maria Conceição Azevedo e Pedro Almeida, pelo incentivo que o fez perseverar;

a Sérgio Freitas e Patrícia Degani, seus leitores especiais;

à Sapere Aude! Livros e sua equipe, pela confiança e pelas portas sempre abertas;

aos seus alunos de oficinas literárias, alguns deles os primeiros leitores desta história, pelo apoio, carinho e torcida;

aos tantos amigos que sempre apoiaram suas andanças pela Literatura;

aos seus pais, pelo amor incondicional e pelo apoio constante;

a Gustavo, seu filho amado, por dar sentido à vida.

Descubra a sua próxima
leitura em nossa loja online
dublinense .COM.BR

Composto em ARNO e impresso na
PRINTSTORE, em PÓLEN BOLD 90g/m², em AGOSTO de 2021.